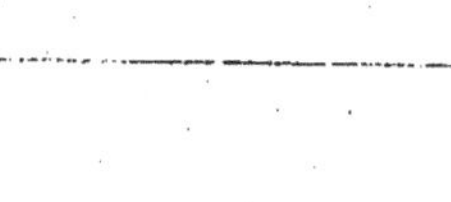

# NOTICE

### SUR

# L'AMBIGU-COMIQUE.

## NOUVELLE SALLE.

*Prix : 30 centimes.*

## PARIS.

### CHEZ MENORET, LIBRAIRE, RUE DE BONDY, 42.

### 1847.

# NOTICE
## SUR
# L'AMBIGU-COMIQUE.

—

## NOUVELLE SALLE.

—

Entrée en matière. — Le 93 de la banquette.—
Le vieux Mélodrame se meurt; le vieux Mélodrame est mort! —
Un Regard en arrière. — Depuis Audinot jusqu'à M. Beraud.
1769—1841. — La Clôserie des Genêts. — La Salle nouvelle.
— Description.— Le Fils du Diable.— Histoire du no 109.
Vue du Paradis. — L'Avenir de l'Ambigu-Comique.
—Alexandre Dumas et Frédéric Soulié.— Bonsoir.

———◆———

..... Il y avait déjà trois grands quarts d'heure que nous étions sur le boulevart, agitant les questions les plus graves, lorsque, tout à coup l'un de nous s'écria :

— Eh, mais ! messieurs, voyez donc un peu l'Ambigu : toilette complète. Le voilà débarbouillé d'une irréprochable façon. Il a maintenant la peau lisse comme une jolie femme, et, Dieu me pardonne, le savon dont il s'est servi était tant soit peu parfumé.

En entendant faire ainsi l'apologie du théâtre qui était devant nous, nous levâmes les yeux en l'air :

Et la façade nous apparut superbement blanche et radieuse, grâce à ce dieu triangulaire inventé par les maçons : *le Jupiter-Grattoir*. Quand au parfum qu'elle exhalait, malgré la finesse de nos organes olfactifs, nous ne pûmes le définir, et l'opinion de notre ami nous sembla assez avancée.

Il était six heures; ce devait être le moment, le vrai moment d'entrer.

Cet aimable serpent, qu'on nomme le public, s'étendait, s'allongeait, se pliait, se pressait, se perdait, se roulait, se déroulait en capricieuses sinuosités, et se pâmait de joie en fixant l'affiche.

La belle et agaçante affiche que c'était, avec de belles lettres bien grandes et bien noires, ainsi disposées dans des proportions gigantesques :

## LE FILS DU DIABLE.

Cela vous faisait venir l'eau à la bouche, et il était si facile de tremper les lèvres dans ce nectar dramatique, — à nous, surtout, qui avons toujours quelque bonne petite protection à invoquer.

Une fois donc que nous eûmes franchi la barrière du contrôle, il fallut nous placer, ou plutôt reconnaître notre place.

Après un combat digne des temps de la chevalerie, nous emportâmes une loge d'assaut.

Oh ciel! miséricorde! madame l'ouvreuse, qu'est-ce que ceci? je vous prie. Qu'est-ce que cela, de grâce? Dites-moi, par pitié! ne me cachez rien, grands dieux ! Malheureux que je suis! Ah j'en mourrai! O! mon Ambigu, mon vieil ami, où es-tu? Eh quoi, le fauteuil que voici est un vrai fauteuil; un fauteuil moëlleux, dans lequel je puis m'étaler tout à mon aise, un fauteuil qui est placé derrière le fauteuil de ma voisine, et d'où je puis voir sans être debout; un fauteuil avec du velours; un fauteuil avec de l'acajou; un fauteuil avec des clous dorés; un fauteuil comme on n'en avait pas vu; un fauteuil comme on n'en verra plus; un fauteuil charmant, quoi !

Le 93 de la banquette est arrivé. Arrière, banquette mal rembourrée; ta dernière heure a sonné. Nous voulons rire et nous amuser, mais nous voulons aussi être bien assis.

Jetez un regard de tous côtés : les banquettes ont disparu.

Partout, des meubles élégants et coquets, partout, des glaces, des lumières et des fleurs.

Et là où il y a des fleurs, des glaces et des lumières, il y a toujours des jolies femmes.

L'Ambigu est régénéré. C'est un nouveau théâtre. Voyez plutot ce lustre étincelant de dorures et de cristaux ; voyez ce plafond délicieux, chef-d'œuvre de ces deux frères en talent, Cambon et Thierry ; voyez la toile ; voyez la scène ; voyez-vous vous-même. Depuis que vous êtes venu ici, vous êtes plus jeune, vous êtes plus gai, vous êtes plus riant. L'or, l'argent, le rouge, le bleu, le blanc, tout cela est vif, tout cela est tendre, tout cela est doux, tout cela est aimable, tout cela vous fait aimer la vie.... et le spectacle.

Oh ! vieux mélodrame des temps antiques, que tu serais mal à l'aise, avec tes sabres de bois, tes cordes à puits, tes tasses de poison égueulées, devant ce public d'aujourd'hui, en habits noir et en robes de soie, en cravates blanches et en cachemires, en gants jaunes et les bras adorablement entourés d'adorables bracelets.

Que si jamais la fantaisie (elle est si bizarre la fantaisie) venait à se souvenir de toi et à te vouloir ressusciter, je lui rappellerais immédiatement ton passé ; mais je lui parlerais de ton présent, et l'intéresserais à ton avenir.

Pour cela, je la forcerais (ô horrible supplice ! et le pire de tous) à lire trois et quatre fois les lignes suivantes.

## Extrait de Naissance et de Baptême du Théâtre.

Salut à maître Audinot, le fondateur de l'Ambigu-Comique ! Il se nommait Nicolas-Médard, et charmait le public de la comédie italienne tout aussi bien par son jeu que par sa prose, lorsque tout-à-coup, à la suite d'une querelle, il se mit en tête de louer une baraque à la foire Saint-Germain. Dans cette baraque, il parodiait tous les artistes du théâtre italien à l'aide de petites marionnettes, et faisait fortune.

Un beau jour, Audinot abandonne la foire Saint-Germain, bâtit une salle de spectacle sur le boulevart du Temple, et décore son théâtre du titre pompeux d'*Ambigu-Comique*. L'inauguration eut lieu le 9 juillet 1769. Il renonce bientôt aux marionnettes, et leur fait succéder des enfants avec le secours de deux auteurs disgrâciés, Molène et Plainchesne. On représentait alors à l'Ambigu des ouvrages si grivois, que la Dubarry riait à gorge déployée, et que Sa Majesté daignait sourire quelquefois. On y dansait aussi, et les historiens, parmi lesquels Bachaumont, mentionnent une contredanse de ce temps, intitulée la *Fricassée*, et qu'ils ne craignent pas de trouver assez polissonne. A tous les théâtres, il fallait une devise ; Audinot, qui se piquait d'avoir quelque esprit, mit sur la toile de l'Ambigu :

*Sicut infantes audi nos.*

Les beaux du temps virent dans cette épigraphe une pointe charmante, et la cour et la ville se pâmèrent sur la merveilleuse inscription d'Audinot.

O calembourg ! tu as bien marché depuis cette époque. Si Audinot revenait au monde, te reconnaîtrait-il ?

Vers 1772, les ouvrages enfantins firent place à des pièces plus corsées. L'Ambigu adopta un genre qui obtint la vogue ce fut celui de la grande pantomime historique ou romanesque. L'une d'elles eut un succès qui comptera longtemps dans les fastes dramatiques. On l'appelait *le Maréchal-des-Logis*, pantomime touchante, et d'autant plus touchante, qu'elle était historique. Une jeune fille qui traversait la forêt de Villers-Cotterets, avait été arrêtée par deux voleurs qui se préparaient à lui faire souffrir d'horribles tourments, lorsque par hasard (ô hasard !) un maréchal-des-logis de dragons de la reine ayant entendu les cris de la victime, courut à elle, mit les voleurs en fuite, détacha la jeune fille et la reconduisit respectueusement à ses parents. Marie-Antoinette apprit l'aventure, fit venir son dragon, lui compta une somme d'argent pour son congé, et lui fit épouser l'aimable enfant qu'il avait sauvée.

Le *Maréchal-des-Logis* emplit la salle pendant plusieurs mois entiers.

O pantomime ! tu n'avais pas encore tes plus admirables chefs-d'œuvre ! Figurez-vous un peu qu'on eût joué alors *Pierrot pendu* et *Pierrot marié* !

En 1790, Audinot s'associa avec Arnould qui devint son faiseur. La troupe se composait d'acteurs assez remarquables. Un d'eux, le pauvre Bordier (dit ce bon Brazier), qui jouait admirablement les petits maîtres et les abbés, et qu'on avait surnommé le Molé des boulevarts, avait été pendu à Rouen, en 1789, pour avoir pris part à une émeute de grains. On assure que ce comédien mourut très-gaîment. Dans une pièce de Dorvigny, intitulée le *Ramoneur prince*, au moment de monter dans la cheminée, il s'écriait : Y monterai-je ou n'y monterai-je pas?..... Quand il fut au bas de la fatale échelle, on prétend que Bordier fit en riant au bourreau : « Eh ! l'ami..... y monterai-je ou n'y monterai-je pas?..... » Et il monta d'un pas ferme en saluant la populace qui le huait. »

Audinot s'étant retiré, le théâtre passa dans les mains d'une myriade de directeurs. En 1798, ce théâtre allait fort mal, lorsqu'un ancien acteur du théâtre Montansier se présenta pour le relever. Ce comédien était Corse, soutenu par un riche capitaliste qui mit des fonds à sa disposition. La salle fut complètement rebadigeonnée, et la nouvelle direction encaissa des sommes folles avec le *Jugement de Salomon*, la *Forêt d'Hermandstadt Tekeli*, la *Femme à deux Maris*, et bien d'autres ouvrages. Corse mourut en 1816, laissant le théâtre à madame Puysaye. Mais le fils d'Audinot rentra au bout de quelque temps dans le privilège, et s'associa, en 1823, avec MM. Franconi et Sennepart. Cette association ne fut pas de longue durée;

madame Audinot continua de gouverner avec MM. Sennepart et Schmoll. La seconde période fut très-brillante. De grands succès marquèrent le passage de MM. de Mélesville, Nezel Overnay, Antier, Hubert, Frédéric, Boirie, Victor Ducange, etc., etc.

Dans la nuit du 13 juillet 1827, l'Ambigu brûla. En moins d'une heure tout fut détruit. Le 19, M. le ministre de l'intérieur accorda un nouveau privilége jusqu'en 1840 à madame veuve Audinot et à M. Sennepart, son associé, et donna à ce dernier le titre de directeur. L'autorité ayant exigé que le théâtre fût isolé des deux côtés, l'ancien terrain fut jugé trop petit, et on acheta un hôtel appartenant à M. de Murinais, situé rue de Bondy, au coin du boulevart. Le 7 juin 1829, l'Ambigu s'inaugura de la manière la plus brillante. Construite par les soins de MM. Hitorff et Lecointe, la salle est une des plus jolies de la capitale; des artistes distingués concoururent aux embellissements, et les figures du foyer qui subsistent encore sont de M. Gosse. Peu de temps après, madame Audinot et M. Sennepart se retirèrent. M. Tournemine les remplaça en s'adjoignant Frédérick-Lemaître comme directeur de la scène. L'argent était rare. On appela madame Dorval, la *femme-drame*. Madame Dorval n'eut pas une grande influence sur les recettes. 1830 vint, et depuis 1830, l'Ambigu compta les directeurs par dizaines.

Ici l'histoire de l'Ambigu-Comique devient histoire contemporaine. Les désillusions, les déboires, les tracas furent nombreux. En citant tous ceux qui ont tenu dans leurs mains le sceptre de l'Ambigu, nous craindrions d'éveiller les susceptibilités de ces pauvres majestés tombées, et d'un bond, nous arriverons à l'époque où M. Béraud, le présent directeur, reçut le privilége de S. E. le ministre de l'intérieur.

Nous cessons d'emprunter à cet excellent Brazier, et nous continuons notre récit :

C'est le 23 mars 1841 que M. Beraud fut nommé directeur du théâtre de l'Ambigu-Comique. Dès ce moment, le théâtre recommence à posséder une caisse bien garnie. On entasse succès sur succès. Pour appuyer notre assertion, nous n'avons qu'à citer les ouvrages joués depuis 1841. Déployez vos étendards, mélodrames des temps passés; battez aux champs, tambours de l'antique pantomime! présentez vos armes, vieux centurions des armées de Révalards, et voyez passer :

*Jacques-Cœur,* — *Fabio le Novice,* — *le Marchand d'Habits,* — *la Lescombat,* — *Paul et Virginie,* — *les Jumeaux Béarnais,* — *les Brigands de la Loire,* — *Paris la Nuit,* — *l'Auberge de la Madone,* — *Madeleine,* avec Mme Mélingue qui partait, avec Mme Guyon qui venait, — *les Enfants-Trouvés,* — *Eulalie Pontois,* — *6,000 fr. de Récompense,* — *En Sibérie,* — *les Bohémiens,* — *les Amants de Murcie,* — *Jeanne,* — *le Miracle des Roses,* — *les Orphelines d'Anvers,* — *les Talismans,* — *la Peste Noire,* — *les Étudiants,* — *Paris et la Banlieue,* — *les Mousquetaires,* — *l'Étoile du Berger,* — *le Marché de Londres,* — *la Closerie des Genêts,* — *la Duchesse de Marsan,* — *le Fils du Diable.*

Parmi tous ces ouvrages, dont quelques-uns ont un mérite réel, deux seulement ont été signalés par une chute, chose inouie dans les annales d'un théâtre.

Comme on le voit, D'Artagnan, Porthos, Athos et Aramis, remirent l'épée au fourreau en apercevant *l'Étoile du Berger* qui n'obtint qu'un succès d'estime. Tout le monde connaît la valeur de ce mot en style de théâtre. M. Béraud ne devait pas tarder à se relever de cette demi-chute. La *Closerie des Genêts* fit bientôt appeler l'Ambigu la closerie des succès. En effet, le drame breton fit des recettes magnifiques. On devait s'y attendre, il était signé : Frédéric Soulié. Pendant cinq mois à Paris, il ne fut question que de la *Closerie.* Quand on se rencontrait, dans quelque lieu que ce fût, on ne se demandait plus : Comment vous portez-vous? on ne se disait plus : Il fait beau, il fait froid, il fait chaud. Un seul mot était à l'ordre du jour : *Avez-vous vu la Closerie des-Genêts?* Un jour, et malgré toutes nos sympathies pour M. Béraud, après nous être littéralement saturé à dix ou douze fois de la *Closerie*, nous résolûmes d'en finir avec tous les amateurs du drame, et nous prîmes un coupon de wagon pour le chemin de fer du Nord. Voyez un peu : à tous les débarcadères on nous offrait des gâteaux et de la bière à la *Closerie des Genêts*. Dans toutes les villes, dans tous les villages, on jouait la *Closerie des Genêts.*

Oh! bienheureuse *Closerie des Genêts*! celui qui t'avait enfantée devait-il sitôt expier son immense succès par une douloureuse maladie. Figurez-vous un peu, Messieurs et Mesdames, qui lisez ceci, ce pauvre Frédéric Soulié malade, figurez-vous ce terrible amuseur atteint d'une affection de cœur, figurez-vous ce diabolique homme de plume entre deux médecins. Cela ferait frémir, n'est-ce pas? si je ne vous disais tout de suite que les deux docteurs de M. Soulié avaient nom Récamier et Boileau. Aussi, le voilà bien et dûment guéri, et si bien et si dûment guéri, qu'il élabore un nouveau drame, un de ces drames dont il a le secret. Puisque vous êtes complètement rassuré sur la santé de M. Frédéric Soulié, et que vos inquiéudes sont parfaitement calmées, reprenons, s'il vous plaît, le cours de notre bavardage. Après tout, je suis assez aimable encore, malgré mes cheveux blancs, pour que vous supportiez ma conversation. — Tout a une fin dans ce monde, même la *Closerie des Genêts,* qui semblait d'abord donner un démenti au proverbe.

Il fallait songer à remplacer le drame de M. Soulié. Tout à coup, M. Beraud réfléchit à une chose. « Il y a dix-huit mois environ, se dit-il, un roman a été promené dans les rues, et qui a fait fureur. Ce roman s'appelait le *Fils du Diable*. Que son auguste père m'emporte, si je ne lui prête point mes planches, mes décors, mes costumes et mes machines, pour l'installer dignement; et puis je le prierai d'inspirer mes acteurs, et tout ira bien. »

Et M. Béraud écrivit à Paul Féval. Le jeune et déjà célèbre romancier fut enchanté, vous n'en doutez pas, de l'hospitalité qu'on offrait à son enfant. Ce fut bientôt une affaire faite.

M. Béraud se frotta les mains. S'il se frottait les mains, direz-vous, c'est qu'il en a l'habitude. Pas le moins du monde. Il était content. Seulement, il fronça le sourcil à l'aspect de sa salle de spectacle. Hum! hum! hum! ces banquettes sont bien peu solides, mon papier est assez taché, mes loges ne sont pas très convenables, et l'on n'est pas très bien assis ici, et l'on n'est pas très bien assis là, et l'on n'est pas très bien assis partout. Allons, Pierre, jetez-moi cette banquette à terre; et vous, Jacques, cette autre; toi, Jean, celle-ci..... je ferai peut-être mieux de tout abattre. Et M. Béraud appela les maçons, les menuisiers, les peintres, les architectes, et quand il les eut assemblés :

Messieurs, vous voyez cette salle, eh bien! dans deux mois je veux qu'elle soit changée du tout au tout. Je la veux riche et confortable, je la veux simple et commode. Je vous donnerai du bois, je vous donnerai du plâtre, je vous donnerai de la soie, je vous donnerai du velours, je vous donnerai des glaces, tout enfin.

MM. les architectes, vous avancerez la première galerie du côté des avant-scène, de manière à former un fer à cheval, et, dans cette galerie, les tapissiers placeront des rangées de fauteuils élastiques.

Bref, tous les changements opérés sont dus à M. Béraud.

Commençons par l'orchestre, et nous monterons ensuite jusqu'au paradis.

D'élégants fauteuils où l'on peut s'étendre facilement, même en croisant les jambes (observez cette remarque, je vous prie),

ont remplacé des stalles étriquées et dévastées par le temps.
— Le parterre, oh! surprise, est recouvert de velours. Oh! habitué de ce lieu, achète, achète des habits du drap le plus fin pour venir te pâmer de bonheur sur ce siége délicat.

## Histoire de la Stalle 109.

Rappelons ici l'histoire assez curieuse de la stalle 109. spectateur qui t'enfonce mollement dans le tout doux fauteuil de ce numéro ! qui que tu sois, homme ou femme, grand ou petit, de feu ou de glace, lis et apprends.

Il y a à peine un mois, le numéro 109 n'était qu'une espèce, une ombre, une idée de stalle. Le velours était criblé d'écorchures ; les deux appuis de fer étaient dépouillés de leur rouge enveloppe, et le dossier, très renversé en arrière, semblait inviter à la contemplation forcée du cintre. Pourtant, malgré des rides, messagères de la mort, ses voisines semblaient encore assez ingambes, et supportaient, sinon solidement, du moins courageusement, les nombreux visiteurs qui voulaient bien l'honorer de leur présence. Et chose plus intéressante encore ! — en été, en hiver, alors même que la salle regorgeait de monde, la maudite stalle restait vide, à la grande stupéfaction de tous les amateurs. Vingt fois, on offrit des sommes fantastiques en échange du coupon qui devait conduire à ce mystérieux endroit. L'ouvreuse restait inaccessible à la corruption.

Pour tout observateur tant soit peu exercé, il était bien évident que le numéro 109 avait été le théâtre d'un grand évènement.

Un drame, en effet, s'était passé là où vous êtes assis, écoutant, la bouche béante et le cou tendu, les imprécations de M. Saint-Ernest, ou lisant les joyeuses drôleries de *l'Entr'acte*; mais un drame vrai, passionné, avec le denouement de la fatalité. Jugez vous-même.

Vers la fin de 1840, par un dimanche *anglais*, l'Ambigu jouait une pièce qui avait fait, deux ou trois années avant, courir tout Paris. Un jeune homme, qui était parvenu à son corps défendant à prendre d'assaut une stalle d'orchestre (la vôtre, ô locataire du 109 !), parcourait d'un œil indifférent les galeries. Tout à coup, sa lorgnette s'arrêta, au deuxième étage, devant la plus jolie tête que puisse rêver l'imagination la plus poétique.

Elle avait, la charmante créature, des cheveux si noirs, si soyeux, si longs, qu'il se mit à la regarder attentivement. Elle avait, la charmante créature, des yeux si brillants, si tendres, si persuasifs, qu'il se mit à l'aimer. Elle avait, la charmante créature, une bouche si mutine, des lèvres si roses, des dents si blanches qu'il se mit à l'adorer.

Elle n'avait qu'un simple bonnet de tulle, mais avec des rubans coquettement placés; elle n'avait qu'une robe de toile, mais propre et qui l'habillait merveilleusement. Un mince fichu couvrait ses épaules, mais ce fichu était heureusement jeté.

Charles (il faut bien lui donner un nom) attendit avec impatience le coup de poignard qui devait finir la pièce. Il attendit Amélie à la sortie et s'apprêta à la suivre.

Mais Amélie marchait vite, très vite.

— Mademoiselle, balbutia Charles, je n'ose vous offrir mon bras.....

Un regard significatif fit comprendre à Charles qu'une pareille apostrophe était hardie.

— Oh ! Mademoiselle, pardonnez-moi; mais en vous voyant seule à cette heure; j'ai pensé.... D'ailleurs, je vous ai vue au spectacle.

— Ah ! Monsieur, vous m'avez vue !

Et l'on causa et l'on parla. Et Amélie osa regarder d'un œil son cavalier. Et puis Charles était un beau garçon. Amélie accepta donc son bras.

Chemin faisant, les confidences s'échangèrent.

Charles conta tant bien que mal un petit conte. Il était di-sait-il, commis dans une maison de commerce, et déclara sa passion à Amélie. Bref, au bout de quinze jours, Charles et Amélie étaient les meilleurs amis du monde, et tellement amis que le seizième jour, avec cette naïveté des temps antiques de la grisette, la pauvrette disait à son ami :

— Charles, mon petit Charles, puisque c'est à l'Ambigu que nous nous sommes rencontrés, nous irons ensemble, n'est-ce pas, et souvent....

Charles ne répondit pas, mais le soir, il apporta un papier à Amélie.

— Qu'est-ce cela ?

— Regarde. — C'était une place à l'année, et justement pour le numéro 109.

Amélie accepta ce présent avec bonheur.

Un mois après, Charles prétexta un voyage ; il devait être de retour peu de temps après.

Et comme Charles ne revenait pas, Amélie allait tous les soirs à l'Ambigu.

Enfin l'année de la location expira. Amélie vendit les bijoux que Charles lui avait donnés, et reprit sa stalle.

— Je le verrai bientôt, pensait-elle.

Alors elle travailla une partie de la nuit. La présence de cette jeune femme excitait d'autant plus la curiosité qu'on re-marquait toujours une coupure ou une déchirure sur le ve-lours. Peut-être marquait-elle ainsi les jours !

Ce manége dura deux années environ.

Enfin, Amélie ne reparut plus. La grisette avait épuisé entièrement ses ressources pour louer le numéro 109, et elle avait appris que Charles s'était marié. Charles était, ô locataire du numéro 109, le comte de V......, et avait oublié son aventure de 1840.

Jugez pourtant quelle dut être sa surprise et sa douleur de recevoir, dans le courant du mois de mai 1843, un petit billet ainsi conçu :

MONSIEUR ,

« Vous m'avez trompé. Vous êtes riche, vous êtes noble, vous êtes marié. Je meurs en pensant à vous. Que la stalle que vous m'avez donnée soit un souvenir de moi. Exaucez le vœu bizarre d'une malheureuse qui n'aura jamais eu que ce caprice. Je voudrais (où est le temps où je disais *je veux*) que le numéro 109 restât vide toute votre vie. Ne cherchez pas à me voir ; ce serait inutile. Ma résolution est prise. Je vous aime toujours, voilà pourquoi je ne veux plus vivre.

« AMÉLIE. »

Maintenant, vous devinez le reste.

La stalle a été louée au nom du comte de V***, et si maintenant vous y voyez tout à votre aise le *Fils du Diable*, c'est que la mort d'Amélie a été suivie d'une autre mort.

On lisait dernièrement dans la *Gazette des Tribunaux* .

Le comte de V***, qui avait fait des pertes immenses au jeu, vient de succomber, hier, à un accès de fièvre chaude et s'est précipité du quatrième étage de l'hôtel qu'il habitait. Le comte de V*** n'a survécu que quelques minutes.

Ouf ! votre récit est stupide, j'aime mieux voir la salle.

## La nouvelle Salle.

Au premier étage, nous avons l'aspect entier de la salle. Elle est tapissée de velours grenat et offre, par la disposition des couleurs de ses galeries, de son plafond et le reflets de ses estampes, le contraste le plus harmonieux.

La première galerie, nous l'avons dit, est en amphithéâtre et contient deux rangs de fauteuils et quatre de stalles, agréablement adossées. La façade se divise en neuf panneaux qui contiennent chacun un masque dans leur encadrement. Les panneaux sont séparés par un pilastre tout en or, avec un cul de lampe au-dessous. Le tout est bordé par un torse de fruits à la base.

Au deuxième étage, comme les côtés avancent, on a jugé à propos de mettre des stalles qui précèdent les loges. C'est une heureuse idée. La distribution de la deuxième galerie ( qui devient la première) est la même que pour les autres, mais le milieu de chaque panneau est décoré de motifs de peinture, encadrés de moulures en cuivre estampé.

D'ici, plongeons dans l'avant-scène.

Ces énormes colonnes se sont effacées devant des pilastres élégants. Des tentures, du plus beau velours, décorent le boudoir dont les fauteuils sont en bois d'ébène. Sur le devant des premières, des petits amours dramatiques se livrent à leurs jeux et à leurs ébats; le devant des secondes est orné de masques et des attributs de la comédie. Les troisièmes avant-scène sont décorées par un tapis jeté négligemment sur la balustrade. Toutes ces peintures sont dues au pinceau de M. Bouillier. Les cuivres estampés des galeries sortent des ateliers de M. Henri Fugère, à qui nous devons déjà les galeries du Théâtre-Italien, de l'Opéra-Comique, etc., etc.

Nous avons tout vu, retirons-nous. Ah! Monsieur, nous répond un brave et digne homme, levez la tête.

Ah! Ce ah! est un cri d'admiration très prolongé à la vue du plafond. Tonnelle charmante, entrouvre-toi complètement. Ce sont des fleurs qui vont, qui viennent, qui serpentent, qui s'enlacent, qui s'entrelacent, et, au milieu de grands intervalles qui nous montrent le ciel. Souriez à ces enfants qui vous sourient. Examinez ces vases, ces chimères, ces sculptures, et tâchez de ne point vous exclamer. Très certainement, ce plafond est l'œuvre de Thierry et Cambon.

Reposez vos yeux sur la toile, et vous jurerez que ce qui

vous sépare du monde des illusions de la gloire et du prestige, c'est un rideau de velours. Oui, sans doute du velours peint par les deux maîtres aussi, relevé et richement brodé d'or.

Au prochain tableau, vous aurez le temps de bien examiner le rideau de manœuvre. Et je ne m'opposerai très certainement pas à cette fantaisie, puisque c'est encore un des caprices Cambon et C<sup>e</sup>, sous la forme d'un tapis style Louis XV, avec arabesques, fleurs entrelacées d'ornements d'or, le tout avec franges.

Etes-vous satisfaits, maintenant, de la décoration de la salle, et n'ai-je rien oublié? Si fait : le foyer.

Les peintures en étaient délicieuses et fort bien conservées, c'eût été une folie de les changer. Donc, il reste et restera tel quel.

En vérité, nous serions des ingrats de quitter l'Ambigu sans dire bonsoir à M. Béraud. — Hélas! il est parti pour s'arracher, le méchant, aux félicitations de tous. Tant pis pour lui.

M. Beraud est un littérateur distingué, en outre, un des plus habiles directeurs de Paris. Toutes ces merveilles de la mise en scène qui vous inondent de plaisir, et vous rendent stupéfait d'admiration, ô bourgeois non initié aux mystères des Éleusis dramatiques! c'est à M. Beraud que vous en êtes redevable. Donc, si par hasard, mon cher Monsieur, il vous arrivait de rencontrer sur le boulevart un homme à la figure ouverte, malgré son air affairé, décoré de la Légion-d'Honneur, saluez-le : c'est M. Beraud qui passe. Il va et vient. Il court sans cesse. Ah dam! c'est qu'il travaille celui-là, et qu'il veut atteindre le but proposé. Bref, M. Béraud est aussi un excellent administrateur. *Bis in idem.*

Jamais un nuage n'est venu depuis bien longtemps obscurcir l'horizon de l'Ambigu. M. Achille Collin, un homme dévoué, intelligent et aimé, remplace, depuis le mois de mai 1846,

M. Hostein, dans les fonctions de secrétaire-général, et s'en occupe à la satisfaction universelle. De même pour M. Boulé, au lieu et place de M. Caron.

Quant à l'avenir de l'Ambigu, il se prépare le plus heureux du monde. Les pièces seront bonnes, excellentes même, par cette raison qu'elles seront signées des plus beaux noms, jouées par des acteurs que vous aimez tant et qui vous le rendent si bien.

Parlons sérieusement, puisque maintenant l'Ambigu est un théâtre sérieux. Une lutte s'est engagée; un théâtre nouveau — que nous aimons puisque nous avons été les premiers à le chanter — s'est élevé. Sur son drapeau un nom est écrit : **Alexandre Dumas**. L'Ambigu, sur son oriflamme, flottant au caprice du vent, a brodé aussi un nom : **Frédéric Soulié**.

**Alexandre Dumas** et **Frédéric Soulié**, voilà deux écrivains adorés du peuple, deux boucliers de diamant qui rendent invulnérables ceux qu'ils abritent.

---

*Ah! je meurs! misérable! ciel! enfer!* Ah! ah! la vertu est récompensée, le crime reçoit son juste châtiment. Tirez le rideau.—Mes bon amis, rentrez chez vous; les soirées sont fraîches; et vous, Madame, qui avez mis presque furtivement ma brochure tombée à terre dans votre poche, voulez-vous me rendre bien content? — Oui. — Eh bien! que ces pages vous servent de papillottes...:

Cette pensée (voyez si je vous aime)! me rendra si heureux, que de vieux, laid et cassé que vous me voyez à côté de vous, je suis capable de redevenir jeune, aimable et presque supportable.

**UN VIEIL AMATEUR.**

FIN.

Imprimerie de Madame de Lacombe, rue d'Enghien, 12.

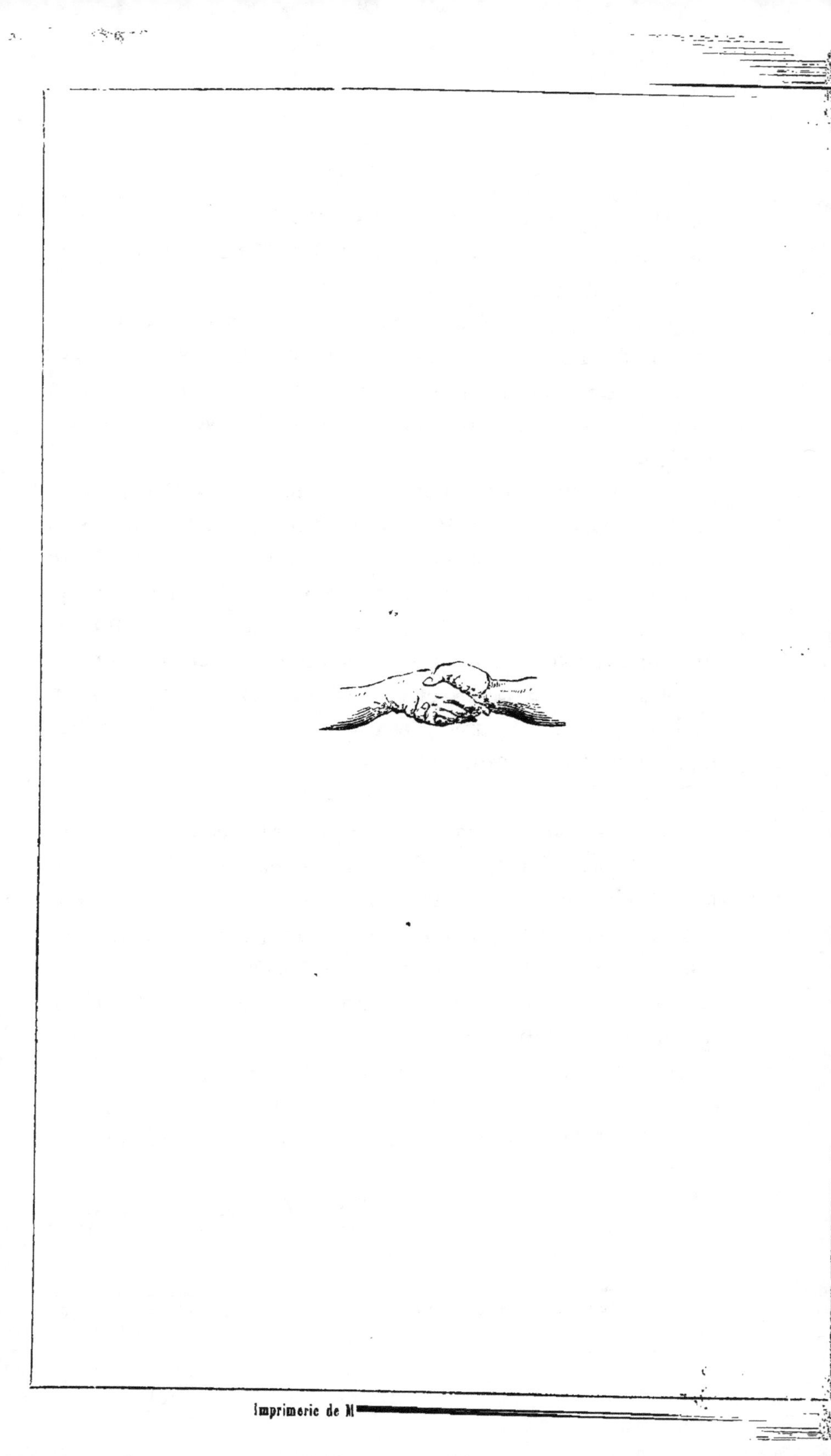

Imprimerie de M